漫行寄

Man Xing Ji

Liu Liu

刘流◎著

天津出版传媒集团
百花文艺出版社

图书在版编目（CIP）数据

漫行寄 / 刘流著. -- 天津 : 百花文艺出版社,
2025. 8. -- ISBN 978-7-5306-9139-7
Ⅰ. I227
中国国家版本馆 CIP 数据核字第 2025ZB0492 号

漫行寄
MAN XING JI
刘流　著

出 版 人：薛印胜
责任编辑：魏　青　**装帧设计：**蔡露滋
出版发行：百花文艺出版社
地址：天津市和平区西康路 35 号　**邮编：**300051
电话传真：+86-22-23332651（发行部）
+86-22-23332656（总编室）
+86-22-27862135（邮购部）
网址：http://www.baihuawenyi.com
印刷：三河市中晟雅豪印务有限公司
开本：880 毫米×1230 毫米　1/32
字数：70 千字
印张：5.25
版次：2025 年 8 月第 1 版
印次：2025 年 8 月第 1 次印刷
定价：59.80元

如有印装质量问题，请与三河市中晟雅豪印务有限公司联系调换
地址：三河市洵阳镇错桥村
电话：13121110935
邮编：065200

荐读语

唐晓渡

“时光的标本”“大地的心跳”——当刘流试图以此自我定义这本诗集的总体特质时，也在不经意间道出了多年来他一直念兹在兹的美学追求；其真义，则存在于那些令诗句沛然涌出，或轻描淡写，或追魂摄魄，但总是活色生香的临界瞬间。“散点”的视角于此几乎是必然的：它不仅对称、匹配于“散人”的风格旨趣，还提示着那不期中一次次彼此猝然遭遇所激发的不计日月的相互塑造功能。缘此“散点”被转化为诗意的澄明之地，而“散人”，即意味着以自由开阖为枢机，在确定性和不确定性之间循环不已的人格辩证。这样的辩证不会模糊修行者与“喊洞人”的声音界限，但也带来了更多的声音：漫游者的声音、卜水和挖掘者的声音、质询和问诊者的声音……如此迷人的混响如今已不可多得，它吁请我们一起静心倾听。

比空气更清洌的是思想

——试说刘流其人其诗

王慧骐

最早见到刘流，他还只是个22岁的大三学生，不过那时他已开始写诗了。放暑假他留在学校里没回家，为的是参加一个诗歌班的学习，当时南京一批在诗坛有些影响的诗人受邀来这个班为学员授课。刘流是这批学员中较为突出的一个。他当时已在《飞天》《青春》等受年轻人欢迎的文学刊物上发一些组诗了。稍后在二十世纪九十年代他接连出版了两本诗集。大学毕业后不久他因工作去了北方，在北京和石家庄等地，他接触到一批彼时国内一线的诗人和诗评家，获得他们面对面的指导，他的诗歌创作因此有了很高的起点，也留下了三十年后仍被人时常提起的一些优秀诗作，诸如收在他第二本诗集《时间与幻像》(江苏文艺出版社出版)中的《邵伯湖以东》等若干作品。

经历了岁月给予的种种摔打与历练，近几年，他又重返诗坛。他诗思的河床其实一直没有干涸，他保持着记一些生活日记的习惯，生活中闪现的灵感和点点滴滴的感触都被他即时记录下来，这一次诗歌的结集出版，展示的是经较长时间发酵后的一坛质地醇厚的佳酿。认真翻读诗集里的作品，你会发现时间作用于诗人的一种思想的纯度和艺术呈现上的浓度。他行走于山水之间的举目凝神，他对世事万物的观察与体悟，都能看得出那是一种积淀，一种与生活烟火耳鬓厮磨而熔铸出的时光的照影。

这几年我得以同这位浸染风霜的诗人有较多的接触，借这本书出版的机会，我想说一说他和他的诗留给我的印象及感受，或对读者理解他的诗有所帮助。

诗人刘流是一个热爱生活，对生活中新鲜的事物充满兴趣与激情的人。他有着很好的生活习惯，比常人更具韧性的自律意识。每天早晨他都会给我发来一幅自制的问候美图，或山水风景，或人物剪影，图片上标有他每天起身的时间，一般总在凌晨 5 点左右，显示比 96% 的人起得早；而这样方式的问候，他已坚持了 1752 天，近五年了。这让人对他不由生出赞叹和敬意。

同时，他还是一个富有生活情趣把琐屑的日子过得有滋有味的人。一早出去跑步，途中见到卖花的老妇，他会挑上一束花捧回家来，然后放入花瓶，还饶有兴致地拍了照用微信发我共享；夫人去了北京看女儿，他一人上菜场买些菜蔬，洗切装盘，荤素搭配，自己的一顿饭也绝不凑合，搞得很有仪式感。他的朋友圈一般会发些他在外游走时抓拍的风光景致和历史遗迹，再配上几句颇见古意的感怀之词，让人过目难忘。

诗人一定不是个苦行僧，书肯定是要读的，但总是枯坐书斋面壁而思怕也是出不了什么鲜活之作的。刘流好像一直都在“动”，他的这本《漫行寄》，表明了他一直处于一个动的状态。他奉行“行者无疆”，大多时间好像都在旅途之中。边走边看，边看边思，边思边记，他的这些诗里有十分清晰逼真的现场感，故而传递出的情绪会令读者不由自主地进入他所营造的场景和意境之中。一个好的诗人是肯得把自己自觉地融进生活的烟尘里，肯得对一些常人见惯不惊的事物做他“另一只眼”的审视与发现,进而独辟蹊径抒发己见。我以为刘流做到了,不是每一个诗人都能这么做的。

对刘流收入这本诗集的九十九首诗,我阅读后稍作梳理,感觉有这样一些特点,试作以下阐释,不知诗人和阅读者们能否认同?

一是形制上的精短,每首诗总在二十行上下。起笔便进入情境,短兵相接,不泡馒头,没有水分。三句甚或一句便矗成立意。短小精悍恰如一出小戏,急拉急收,浓缩而不铺展,更多想象的空间留在了已被拉上的幕布之外。

二是注重构图,擅长借景,寥寥几笔便泼出一幅写意画来。“睡了一夜的风终于起床”(《经历一种》),“寒露一过/秋已不复为秋/清霜趁夜而来/曾经繁茂的树木删繁就简/成为天地间孤独的智者”(《寒露之后》),“京口与瓜州/长江这件古老的衣衫上的一对襟扣/时而被狼烟与战鼓扯开/时而又让烟火与诗文缝合”(《一水间》)，这样的例子可以随手举出很多。所谓写意画,画只是形,意才是魂。每一笔落下墨来,诗人都是奔他要表现的那个主题而去的,目的性非常明确。

三是有些诗作似能透过文字，让人读出画面以外更深一层的寓意来。有一首《候鸟》是这样写的:“成千上万地漫天而至/无孔不入地栖落在盘阳河/两岸的各种树丫上//它们显然飞翔太久/早已精疲力竭/喘着粗气/捧着就要吐出的心脏//河面如镜/候鸟照见自己的模样/面色憔悴/羽毛里藏满了各色沧桑”。不知为何,读这首诗时,我的眼前浮现的却是另外一番场景:年关将近,一批远在他乡讨生活的打工者骑着摩托,驮着大包小包千里返乡;在外忙碌了一年,他们要回到父母或妻儿的身边去。其情形颇似“羽毛里藏满了各色沧桑”的候鸟，由南而北或由西而东,他们飞得"精疲力竭",但那熟悉的远方有一盏温暖的灯在为他们亮着,那是一种引力,是心中的希望所在。他们不辞劳苦,选择了这样的"飞翔"。当然,一首诗可以有多种的读法多样的会意,从艺术鉴赏角度来看,诗人完全有创造多种认识路径的可能。倘若我上述的假想成立,那这首诗所包蕴的思想容量便得以大幅提升。

四是诗集中的不少作品勇于剖析社会现实,直面内心世界,有一种令人警醒的因自省而带来的批判力量。试读他的《致女儿书》:"凝望着窗外的水杉林/那些挺拔的身姿捕捉了你的芳心/你多希望夕光中的老爸/就是林中的一株//你尚不知的是/爸爸脊梁微曲的弯度/已被半生一次次的弯腰/镌出不可修复的刻度//你更无法知晓/人如果向世界低头多了/老了自然就免不了驼背"。

人在这个世界上行走,风雨兼程,都经历了些什么,所有的凉热寒暖,唯有心自知。"水杉林"那样的"挺拔"恐只属于涉世未深的初行者,"脊梁"的"弯度"不只是生理上的自然衰落,诗人试图探讨的是自然规律以外的那些变数,生存的外在环境对人所施加的影响与改变。"人如果向世界低头多了/老了自然就免不了驼背",此两句平实却极其深刻地道出了人生诸多的无奈与苍凉,自省里透出的是不甘,甚至还有呐喊与抗争。

而在刘流的另一首诗里,这样的"抗争"显得是那么坚定和义无反顾——"该怀有多大的决绝/才会从悬崖上跳下/纵然伤痕累累/也在人世间站成倔强的雕塑",诗题为《石头》,在我看来,诗人是借石头而咏志,写一种不与浊世之龌龊为伍的清正与守节。毫不隐讳地说,我喜欢这般的大义凛然、堂堂正正,在这样的诗句里我分明读到了一腔燃烧的热血。

二十七年前，著名诗人张洪波为刘流的那本《时间与幻像》作序时用了《由内向外的燃烧》作为标题，认为“燃烧”是刘流诗歌的重要内核，说在“这些诗歌的烛照中，会看到一个虔诚的艺术的教徒跃出熔炉时闪亮的身影”。而这富有个性特征的“燃烧”，虽经岁月的打磨，但光亮还在，火焰依旧。

距上一本诗集的出版，时间过去了二十七年。在历史的长河里这只是短短一瞬，而对一个人而言，其间所经历的种种内容难以想象。了不起的是一个少年的梦还在，那副胸腔里仍有当年的热血在，改变的只是容颜，不变的是对诗歌的热爱和在表现艺术上的执着探寻。刘流在一首题为《私语》的诗中写道：“比空气更清冽的是思想”。思想，是诗人在大地上漫行的罗盘与指南针，是他面对生活万象的显微镜和掘进器；思想所能达到的深度，往往决定了他的诗所呈现的高度。而在“思想”前面冠以“清冽”二字，纵览整本诗集，我以为“清冽”恰是他诗思的最大特色。人生渐入晚境，去了生涩去了浮躁，多的是冷冽、清醒和沉着，恰如初冬的清晨踏入山林时吸入肺腑的那口空气。这句诗，向我们提供了进入刘流这部诗歌新著的钥匙。

谢谢状态甚佳的诗人领我们踏访他用心营建的这座幽深的林子。

是为序。

2024年12月15日夜于江苏盱眙天泉湖畔

目录

驿路蹄音

时间的耳语

漫行散轶

祭者

驿路蹄音

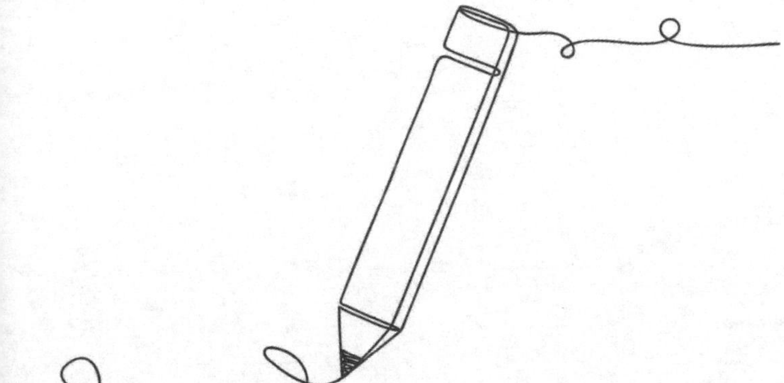

客次辞

在道路与河流交汇之处
村庄出现了
人群集结
驿站里的快马
不时传来远方的消息

大地昼夜轰鸣
从地下暗河冒出的泉水
怀抱万物的诗篇
在大地上行吟

长途跋涉不离不弃的石头
滚落在河床中央
圆润　内敛　饱含力量
他们的反光
映照出沿岸老屋的堂号
以及寺庙里时断时续的烟香

群鸟飞过
云朵仿佛被撕碎的雪花
万朝的英雄征战归来
麻石的路面镌出民间的勋章

夜　只有吞下更深的黑暗
才会在山呼的群峰间
露出微茫

异乡一夜

辗转的夜晚又一次来临
这是异乡的时间
奇异的幻觉也同时抵达
这于我已是无数次的重复

无助地在黑暗中回忆过去
模糊的人物　翻转的场景
灯光　道具
尽如皮影一般的演绎
他们失去寓意　无从谈起

还有那些封存已久的秘密
逐渐遥远
在岁月中露出狰狞的牙齿
急于吐露
又碍于我无时不在低沉地提醒

那些无法入睡的缘由

在羁旅的时代经常重现
窗外是异乡褐色的山峦
起伏的河水
大地上隐约出没的生灵
与夜晚的心脏
同起同搏

一个小旅馆的傍晚

傍晚　我在一间小房间的暗影中
坐直身体
一点一滴的光亮正在消逝
就像不知疲倦重复的日子
桌上有一只青瓷的器皿
冰凉的身体如同窗外
异乡的俚语
我又怀想起童年快乐的时光
故乡河水中那些隐秘的暗流
在回忆中正在自然汇合
旧时的诗稿
茫然地铺在木桌上
于阴晦的天色下无人问津
转过身来
晚钟已经轻轻敲响
窗外那座尖顶的教堂
缓缓陷入夜晚的潮汐

喊洞

像是试探
先是一声细如发丝的音调
从某个角落里升起
逐渐连成一串
哦——
哦——

突然醒觉的候鸟纷纷打开翅膀
声音渐大　连成一片
哦——哦——哦——
我来喽——
没有一个人的心中不曾蕴藏深沉的能量
没有一条小径不在苦寻前行的方向

生命的齿轮挤出疼痛的转速
在一如外星人炸过的山壁上
传回阵阵空响

声音连成更大的一片
整个洞穴已变成呐喊的胸腔

原先聆听的喊洞人也加入进来
一万只耳朵出现了短暂的慌张

巨洞被声浪掀开无数个洞口
天光洒了进来
人群蜂拥而去

洞外漫山遍野的绿树
正列队迎候这批传奇的凤凰

我的身体已长成这条河流

经过多次的潜行之后
它终于钻出了地面
不管不顾地流进人类的血管

河岸的农人刚刚离去
她的背篓里采摘了新鲜的一天
飞鸟围着山顶落在河道里的巨石盘旋数圈
还是恋恋不舍地继续更远的行程

一片田垄刚刚翻新
大火烧尽去岁的残迹
在浓烟的号啕中
旧日已逝　明天待定

我会长成这条河流
并将终老于斯　葬于山巅
日日端详着这被切割的脉河

我的子孙将遍布大地
汇聚起更多的泉眼
浩浩荡荡　生生不息

我的身体已长成这条河流
奔走过苍原、山沟与暗河
我的筋骨已被万物滤净
留得一身矍铄

我将远去
成为天空投在大地上
若隐若现的沉疴

山居吟

朝晖或夕光从山峰的曲线中升落
山中的飞禽也屏蔽了鸣叫

山腰间爬上阴影
河流匍匐在山峦的缝隙间
炊烟泄露了稀疏的人烟

台风正在山那边作法
不时传来风暴潮、海啸和泥石流的消息
说是刮走了松动的窗棂、零乱的枝条
和未被拴牢的樯橹
刮走了人世间日常隐匿的浮华

民宿主人的一双小儿女
用童真催发了旅居者心中的些许微澜

快走的时候
回望一下这个盘桓数日唤作

“临安”的地界

屋顶不安的云

像是招魂

催促人群四散，隐入庸常

傍晚　走过被火燃过的土地

我看到的是一堆堆灰烬
和少许未被烧透的残枝
焦黑　失去身形
仍能感受到曾有的挣扎与抗争
火焰吞噬了其坚硬的部分
并用他的尸骸涂黑
周遭的红土

不远处的碑石森森　刻文凛冽
一窝榕枝千缠万绕
紧紧抱定一块磐石
树木已经直冲云霄

狼烟

孤寂不仅仅是河岸边的田野
惊飞的鸟翼　潋滟中的巨石
横枝上欲落还留泛光的叶片
临窗者心中的雪花
早已纷飞

土地已被收拾一新
裹紧头巾的女子点燃田地上遗弃的草叶
火光顿起
恰如年岁的尾音
人世的狼烟

候鸟

成千上万地漫天而至
无孔不入地栖落在盘阳河
两岸的各种树丫上

它们显然飞翔太久
早已精疲力竭
喘着粗气
捧着就要吐出的心脏

河面如镜
候鸟照见自己的模样
面色憔悴
羽毛里藏满了各色沧桑

每一朵云彩都有自己的形态
每一片水花已覆盖来时的波浪

黑夜完整地在野外疾驰
第一道曙光终于引出众鸟的鸣唱

行走

不管是在拂晓还是黄昏
我在窗前总是保持一样的站姿
窗外的河流且歌且泣
河岸边走过一队人马
在水中投下变幻的身影

队伍的头人轮番更换
时高时矮　时俊时丑
或男或女　或胖或瘦
他们的面容宛若山顶的云彩
俏丽俊秀

常被季节与风雨修改脸谱

终于我也信步下楼
很快加入他们的行走

身后的阳台
无人值守

盘阳河

河流汩汩流淌
人群时密时疏
五进五出的暗河
成为人们踉跄闯入的秘境

收放自如的天空
照彻碧水中透明的鱼类
它们不问来处
侥幸逃脱了各式潜网
在寿山的倒影里
做畅酣的游弋

岸边的石书一一篆录

离别辞

路在山腰上扭拐着轨迹
云　总如一位缠绵的女子候在前方
车　眼看就碰到她的裙裾
却让一阵风拉扯了一下
只能悻悻远去

朝阳在河中张开巨兽之口
吞噬着次第抵达的每一缕天光
一抹炊烟在村子上空游荡
鸡鸣与犬吠默契地合奏
以凌乱的旋律表达慌张

南方的冬河
薄薄地流淌
一次次钻出冗长的暗河
已收割了沿途各式的矿藏与磁场

不用探究它真正的源头
我们都是蓄力前行的涓流
只有流淌　才有远方

石头

该怀有多大的决绝
才会从悬崖上跳下
纵然伤痕累累
也在人世间站成倔强的塑雕
乱云飞成闲言
雨雪化作碎语
顽皮欢乐的鸟儿们
在河水起伏的乐谱上
做深情的盘旋与舞蹈
风暴过后　一粒来自远方的种子落进石缝中
来年　或能与巨石
为这单调的河道
长出一方绿岛

清晨，我拨开古城门的木闩

城门沉重的躯体
蕴藏着致密的骨肉
咬牙抗拒着这陌生人的开启
直到临界点的一丝松懈
才被徐徐打开

曙光迫不及待地涌入
它们当中
一些将去擦拭雕花的旧物
另一些则去抚慰蓬勃的新生

惺眼蒙眬的守门人
眼皮微抬，只一瞥
便又陷入更深的梦境

寻茶记

癸卯暮春，有东南大学校友一行十五人，在武夷山核心区探春访茶，昼夜同乐，三日而尽兴，特作此文以记。

畴野葱绿，涧溪跳跃
一柄旗引导一群人
在被万千人踩踏过的路径上穿插
如果从高空的视角俯瞰
这支特立独行的小分队
恰如在一个硕大的容器中
被翻晒和发酵

藜小丽苦口婆心地教化
估计也点化不出一个懵懂者
还不及她茶园里的那些老枞
百八十年依然风骨嶙峋叶脉炯炯

她说茶人采摘茶叶的时候

常需带茎采下
为的是让制茶时那些藏匿于茶叶中的苦水
有个绿色的逃亡通道
这与旅行或人生何其相似
只是一个人要出落得光鲜闪耀
往往需要破译更多的密码
找寻更佳的暗道

此刻诸君已作鸟兽状回归
在各自的丛林里噙着一口茶香
反复体验着回甘或者其他的滋味

南京城里的那棵古树
以六朝老者的慈目
露出不易察觉和见惯不怪的微笑

一个人的烟火

如此悲壮
在新垦的冻土上袅娜
恰似整座村庄末季的呼救
油鱼被八旬老妪烤得焦黄
煳味氤氲了众生的目光
群山漠然地注视着山沟里的排练
逡巡往复的万物
生死轮回　相互滋长
夕阳咬碎了异乡矮促的歌唱

拓片比摩岩还清晰
三角梅固执地怒放着晚节
河水如黑胶旋转着沿途的剪辑

在寒冬　一个人的烟火
如蜡梅吐芬

山村之晨

村庄尚未醒透
月亮仍在山头值更
河水泛着青青的微光
三两个村人陆续出场

仓促停泊的房车上
几片落叶湿身于霜露
凤尾竹与芭蕉叶的缝隙间
水珠在戏水者挽起的脚踝上闪亮

卸下行李的候鸟人
沿河奔跑
一座大山挡住去路
他们略一迟疑
便又转向河流的方向

山重水复的选择
如同河流上古老的吊桥

足以让候鸟人驻足其上

面对又一个清晨

齐声吐纳：

我来了——

山村之夜

半夜时分　大地沉静若婴
三两声犬吠平添了山村的神秘
神鬼结伴走过河上的吊桥
踏进老街上那些高低不平的麻石路
夜晚与四野归于转悠的魂灵
白昼与田畴则属于忙碌的村民
这是山村自古留下的规矩
巫师诵声嘹亮
他们似乎想模糊两者的界限
许多村民并不知道
在大山之外的世界里
早已昼夜不分　人鬼同频

遭遇瑶里

从赣菜中摄出红色的辣椒
取消了一次舌尖上的舞蹈
从年久的老墙上除掉浮灰
只留下遥远年代的标语
在溪水中禁渔
人们很快将重见那些欢快的鱼群
风在层峦叠嶂间刮去迷雾,你会发觉
山外有山,河流顺着峡谷流向远方……
在瑶河的上游砌上鱼鳞坝
清澈的水流将会倒映出游人嬉水的欢笑
倘若在时间中剔除时间,那么就剩下
千年古树下洗衣村姑木杵起落的空谷绝想
无论如何你将永远无法熄灭
延绵千载的窑火在黑暗中明灭
在风雨中飘摇
当外国人遭遇瓷器
就像高岭土遭遇瑶水与柴火
一个叫 China 的词条
才被塑烧并出窑

草原之夜

今夜　我将打开草原的腹部
进入牧区与草场
看到成片的胡杨林
长途跋涉的
古老的河水
在蜿蜒的故道里
悄悄地流淌

马群在午夜时分缘梦而至
一群群　一趟趟
马蹄声敲击着沉睡的土地
疾速地溅起一串串回响

雄鹰也累了
黄昏时就已敛起了孤傲的翅膀
晚秋的心境同夜晚一样漫长
隐隐地　有冬的口哨在不远处吹响

马头琴的声音在清冷的弦上悠扬
像游子被点破的心思
又像离人秘密的感伤

私语

风在夜晚加快了脚步
成熟的原野将面临凋谢
比空气更清冽的是思想
比河流更绵长的是远方

成群的日子从窗外列队而过
它们交头接耳　窃窃私语
好像谈论季节之中的秘密
它们的笑靥如野花
走过四季　怀抱沧桑

落叶正悄无声息地摇摆
在风雨与霜冻之间
在如火的晚霞中燃烧
在大地的呼唤中到达辉煌

而我体内汩汩作响的液体
是一条忧伤的小溪吗

岁月与季节一起
在陈旧的河床里
泛起些许细浪

秋景

在初秋　雁声掠过挂果的平原
掠过渐寒的天气
热恋中的人群归于平静
秋风微澜
催发一个个游子的归程

秋声在渐进中
缓缓移行
玫瑰的香气　纯净的诗句
洗净劳动者蒙尘的眼睛

伤感的候鸟
告别栖落的巢穴
向一个未知的方向迁徙飞翔
在收拾一新的大地上
留下漫长的期望

而我只是初秋的一员

与列队而过送葬的人无关
盼望飞雪
在隐隐的寒意中
悄然降临

叫秋

白露刚过
一群不合时宜的野猫
出现在河堤的石阶旁

不像是为了温饱
夜幕中的爱心人士
从未断过这群流浪者的口粮

此刻它们都龇牙露齿　面露猖狂
从深喉中发出嗷嗷之音
如泣如诉　摄人心魄

这是一群在秋天叫春的怪物
错过了发情的时节
却在日渐薄凉的秋风中肆无忌惮地呼号
全然不顾时序的安排
更不在乎他类的白眼与厌烦

一群猫将秋天倒悬成春天

也许是老天的故意安排

它们的叫声凄厉

足以让人类羡慕和汗颜

山村即景

乌云正将天空压低
群山在不远处勒马驻足
河边的游子掬水洗面
口中吐出五脏中的毒液

梦醒的人一阵哽咽
窗外的水声震耳欲聋
农舍在岸边的树冠下战栗不止
浓雾遮蔽了多余的纠结
让幸存者背负起更多的清醒

清风起处
一页旧纸在尘埃中飘零
纸上的文字记录着陈年往事

灯芯燃灭后
众鸟皆匿
夜的指纹
在河面上划出低旋者的轨迹

蹚水过河的羊

此岸的草已被时间嚼光
羊群正在蹚河而去
水流漫过毛茸茸的脚踝
直至濡湿干瘪下垂的皮囊

彼岸的草叶闪着亮光
羊群沿着河床中的浅坝
将天空与白云对合成水面上的折页

当腰鼓被敲出咚咚的声响
我眼前掠过那群吃完青草的小羊
腆着滚圆的肚皮
刀光闪过
其中一只发出凄厉的叫响

黄昏的烟像不肯入眠的村子
固执地在秋野上升起
漫天的烟瘴

山庄故事

黑暗将它的羽翼一层层折叠
又一层层垒集　为了抵抗
精心地埋伏在野径中
随时弹出一组钩镰枪
割断那些疾骋的马腿

追捕者的背影
闪映出一方断壁
一颗流弹击中
时间的脑门
在墙石上留下豁口与丑瘤

天光舔着捂了一夜的伤口
黎明的马车夫
驮着黑尸带中一宿的挣扎
迅捷地驶向曙光微茫的坟场

时间的耳语

一瞬

翻阅时间之书
在册页的内部
雪花纷飞　骨节重生

一个樵人打柴归来
一介书生刚刚读完半部经典

时间没有拒绝合作
它正吧嗒着嘴巴
它正扑闪着双眼

日子整齐地从窗外走过
屋内的人
正在对镜贴花黄

在比远更远的远方
也许还有另一只素手

如风之翼

轻轻撕开

日历中泛黄的一页

耳语

雕塑成型于雕塑之前
季节的耳语者　轻轻叙说——

那镶嵌在山壁的轮廓
早已存在

决绝的北方
用冰块瓦解了集结数月的温暖

背叛者踉跄的背影
已经背叛了他自己的秘密

时间的泉眼
正在喷涌出不洁的水花

秋天的树木

将沿岸的瑟瑟揽入怀抱
花容失色　一只火中取栗的手
抢走了她曾经的美与绚烂
随后重重地推出难堪与慌张

湖水的河床袒露出隐藏日久的心事
古怪嶙峋
模糊的洪水线时隐时现
暗夜降临
一面旗帜淹没了秋虫的尾音

树木交出积攒一载的财产
头冠　衣襟或花香
大地上的募兵销声匿迹
残破的荷柄上
几只水鸟暗自神伤

我是一株秋天的树木

失去身份　无从躲藏

一只水鸟冲天而起

一片雁阵掠过高空

以云朵的视角

深秋的树木都是季节遗弃的仆从

十二月

十二月　在旅途的子夜降临
北窗飞雪　南窗花簇
一年的仓廪高过秋野
陈谷将尽
新粮补满消耗的仓位

上月的残枝　不舍昼夜
从北方移步南国续命
在一条路的尽头
转弯拐进另一个小巷

纤细的河流上漂浮着上游的雾霭
群山顶着半轮残月　跌落水中

岸边的旅居者
吐尽腹中的毒液
在盘阳河的氤氲里
畅饮全息的承诺

登梵净山

出发时风轻云淡内心澄明
往高处去
掠过摩崖石刻、蘑菇石、一线天
掠过沿途一众惦记多年的风景
唯存登顶

海拔在上升
双腿越发沉重
喘息越发急促
攀至半山之时　已然气若游丝

铅　一刻不停地灌入肉身
心中的沙漏又在步步紧逼
那就权且返祖成猿吧
手脚并用地拽紧悬梯的铁索

高山之巅
红云金顶正闪闪发光

横亘双峰的小桥
让我从此岸走向彼岸

到达佛祖宝座的时候
我终于身轻如燕
灵魂出窍

驱赶

将自己赶出熟悉的小径
那片河汊与阡陌纵横的平原
赶出淮扬菜偏甜的味蕾
赶出酒局　掼蛋圈　老乡群
赶出长镜头中模糊的背景

通扬河水又涨了一次
河水没过常规的吃水线
与它同时涨起的
还有菜价　油价　彩礼的价钱
以及地球上某处竞选与战争的行情
而我的血脉在暗自呜呜

南方的喀斯特的大山中
隐藏着一条日夜奔腾的命河

一道闪电划过长空
无比惊颤　又无比暗合

柴

抡斧劈柴的人
在冬季划出一道弧线
年轮线边
迅捷开出一朵
火焰

那还是一段果木
长在记忆与时间里
妖冶的花朵
迷惑了整整一季的眼睛

当浆果在秋色中撒手人寰
回归成齐整的柴墩
累积太久的热情与秘密
终于被释放出来

仍需一双高扬的手臂
斧劈开它的胸膛

取出火焰　取出绵绵的炊烟
取出心脏中
滋滋作响的温度

若不小心　将会与它一样
被烧成灰烬
为岁月殉情

打开冬野的N种方式

朝阳可以打开树梢的霜眉
唤醒晨眠的鸟巢

木犁打开冻土
铁船破开坚冰
炊烟掀起一个村庄的面纱
老鼠撬开人类秋后的谷仓
音符打开喑哑的琴弦
伯乐催发了骏马的万里前程

城市偃旗息鼓　人群四散

亲爱的,你将会用什么法子
打开竹篱上我这把锈迹斑斑的老锁

回忆

被鸟从树干上啄开的一个洞眼
河流上横亘的一条大坝
道路中被车灯照亮的一段路程
崎岖山壁上忽然涌出的一眼清泉

打磨、抛光、解读、显微或夸张
永远也找不到原先的头骨

而此刻已从时光中隐现
反转、扭曲
在光荣与梦幻中起伏不停

回忆的话题
填满了年老的岁月

世代不息
成为风雪反复揣摩的一段
饱含泪光

季节已深，我不能潜行

公园边缘　通往临水的幽径
修树人的剪声　携带火星
击中枯叶上的泪滴

我的脚步也略带疲惫
草坪褪去青涩之神
树丛中的鸟巢没了绿叶之衬
成为时光写在失落者眼里的遗篇

日头喝下黑暗的隔夜之水
一只鸟慌张地掠过新坟
风喘着粗气
在不安的空中吐纳时序

船

在源头公园若虚书房的河道边
搁浅着一条簇新的木船
有模有样的身子刷了贼亮的桐油
常在阳光下反射出傲娇的光芒
似乎还有个带序号的标签
更像动物穿了件滑稽的衣裳

它一出生就被安放在这个同它一样
簇新的景区里
从未扬帆过江河　更未见识过风浪
如同一只乖巧的宠物
安静地卧伏在沙发的一角
眼里露着怯怯的光

在游客们慵懒的镜头里
它被当成一个符号或背景
唤作“船”或一种可以涉水的运输工具
其实它不能叫“船”

只是偶尔占有了“船”的读音

我可以笃定地说
即使它被游客拍过千万遍
也不能掀起谁心中的一丝波澜

发生

天，渐渐从东方亮出微茫的剑光
风，撕开失眠者的眼罩

彻夜炼丹的方士
扬臂举起一枚如豆的药丸

它细润的反光
划出群山额顶的黎明
和丛林中深藏的鸟啼

九重之上的王啊
又在渴求发散的解药

异乡的河流

黄昏的褶皱中
一条河正在缝补大地的伤口
褴褛的芦苇
如同未完成的针脚

渔火在暮色里
闪映着星星的碎片
波纹微澜处
月光将被揉成细碎的银纱
沿岸的石头
缄默着细数流水的年轮
沉入河底的鹅卵石
正在憧憬
又一个春天的梦

待月色落到河底
古往今来的倒影凝聚成
时间的琥珀

静夜

习惯了独居的男人
在床上辗转难眠
终于披衣起床
并轻掩门扉

久别归家的女人
半夜惊醒
摸到半床空被
她拉亮了阳台上的顶灯
一豆灯火下
那个男人正腾云驾雾
书稿散落一地

女人嘴里嘟囔着
就这点儿出息了
以为会有新欢
原来还是旧爱

男人放下笔手一摊:你看这
还是惊扰你了
旋又涎皮赖脸:我想下辈子
咱俩还凑合凑合

不——
她举起左手,像个交警
男人成了一辆遭遇红灯
突然刹住的破车

请给春天留个座位

雪群的大军正在北方集结
已有探马送来加急的战书

其实我们已经期待许久
树木理去乱发　原野收拾一新
就连路边的杂草
也被野火燎去长须

今年的雪讯非同以往
来路不明的乌鸦一次次聒噪
几片枯叶强忍疼痛
在枝丫间布置暗哨

村庄的小庙里
值夜的僧侣正将多次被强人
洗劫的塑身一一扶正
并用受伤的双手
点起仅存的烟火

河流污染了
那口老井被重新启用
为黎民提供可靠的水源

一张旧报纸凌风飞舞
上面刊有每日可疑的几行数字

那就让大雪快点来吧
将天空与大地统统归零
还万物与生灵一片清白

烟霭沉沉　车辕万盈
人们啊　无论如何
请在最好的地方
给春天留个座位

某日

早晨无须天色的微亮
骨头里饲养的雄鸡就开始打鸣

养生专家亲自倒下的第一杯清水
迅捷漫过整夜垒砌的堤坝
并让河流的面容舒展通畅

早餐昨晚已就寝，一丝不挂
现却粉墨登场，角色无非如下：
包子、紫薯、鸡蛋以及各式粗粮研磨出的豆浆

伴着“小爱同学”轻声吟唱
主人打开手机新闻
常被一条报道拦住去路

一切都在岸边四千米的栈道上终结
平凡日子的开始
偶尔也会被台阶上厚积的落叶绊倒
并且磕破双膝

泅渡

竭力地扑腾
肉体上的附件已经全弃
比如手链　耳钉　胸章及其他叮当的零碎
甚至包括口红　欲望　惰性和庸俗的念想

接着被删除的是童年的儿歌
天空的彩云　一直附着在皮囊上的那些荣辱
直到删无可删
就连泳衣泳帽也给撕烂　夺走
大脑进入真空
意识颤颤巍巍
身子在水面上时隐时现

直到剩下机械的动作:扑水　蹬腿
远远看着与漂浮的任意一段木头无异
失去外力　随波逐流
而彼岸在迷雾里隐约
无法接近

我遭受敲打的一天又开始了

一开始是晨曦敲打了我挂在眼睫的梦境
文字敲打了我的指尖
漏雨的屋梁上落下的一丝尘埃
敲打着我记忆唱盘的指针
接下来是例行的敲打
按摩椅低沉的声音
机械无情的暴击
让我的后背无处可遁
真正的敲打才刚刚开始
一天中的迷雾　行吟与坎坷
直到夜幕挂上
土墙上映出一个个疲惫的身影
暴雨前的闪电
撕裂开长空布满带着血丝的裂缝
我不知是否能熬到天明
又将遭遇新一轮的敲打

我的目标就像一道闪电

长夏之河
血肉之躯苦撑着棹橹
风帆一次次错过远方的呼喊
挥汗揖别

当旅途瘦成一匹骆驼
他依然庞大而空泛
邪恶的咒语化作一根稻草
压倒一道闪电

我的目标就像一道闪电
做个闪电侠
洗劫轮回的季节　亘古的悲欢

摇曳

说到摇曳
我知道你是说水边的杨柳
虽然你常用它来比作女子
或将女子的细腰比作它的枝条

杨柳摇曳的时节多为春季
一场雨后的水边漫步
如果再来点儿东风拂面
那晃荡的小枝儿烟树浮岚
总让这潭春水露出明眸皓齿的笑意

摇曳不只是个动作
它是春天的形体
搞怪的弄姿
更近于一个隐喻或象征
暗示着栖落枝丫间的鸟鸣
以及嘤嘤呢喃的流韵

而我始终无法弄清
是它们自己的动作
抑或是观景人内心的绿枝
弄皱了这池平静的春水

水边漫步

从一个水域驶来
又将向另一个未知的水域远航

最先看到的是旗舰
从浓雾中探出疲惫的额头
好像不远处山坡上一群羊里的那只头羊
被陌生的草地召唤
踌躇满志地向前奔跑

尾随者被卸去动力
欲望和思想
装作闲庭信步的模样

岸边的花径上
花仙次第怒放
前仆后继
它们慌张的盛衰
似乎暗合了时光的密码

羁旅四方行吟日久的僧人
回归寺院的时候
毛发又起
为他削发的方丈
重新打开他隐藏但保存如初的戒疤

秋歌

波浪覆盖了波浪
岸边的地堡是战争遗弃的子宫

脚印叠加脚印
人行千古
衣衫忽薄忽厚
面容变幻
一声钟响
僧侣捡起一朵时光的玫瑰

风雨扔下一地辎重
掩面而去
枯叶丛中
一块顽石显露神性

远去的楼宇与田地
是我羁留他乡的人质
拼接图谱的单衣

弄湿霜露
一碧秋池蹚出石径
残荷上惊飞的鸟影
引我走向山巅的望亭

仲秋

寒蝉用尾音揭秘了
秋夜的寂静
几根简捷的线条利落地
勾画出仲秋的意韵

人沿着笔直的迎宾道旁穿过
大片的枯叶
在他身后飘落
鸟巢在树顶更加突兀

水边的青年收起渔竿
有无鱼上钩都无关紧要
太阳碰翻了天空的色盒
将金黄色扔进辽阔的河面

阔寥的远山
升起寒意森森尚未圆满的几寸月牙

寒露之后

寒露一过
秋已不复为秋
清霜趁夜而来
曾经繁茂的树木删繁就简
成为天地间孤独的智者

土地上的庄稼已被收割殆尽
菊花成为街头的主角
雾色渐起
天空显现冗长的混沌

柿子掏心掏肺地挂着
漫山遍野
让北方的故园陷入
欢乐的乱局

我在阳台上吞服下

水中最后一片残阳
声嘶力竭的蝉音
将我推进更深的夜境

熏肉

山里人家的熏厢被打造一新
立于网红瑶寨的街头
新劈的柴垛挺括整齐
迎接旅游大巴上款款而至的贵宾

浓烟在密闭的熏笼中涂鸦
被压缩的时间迅捷作法
那些鲜肉很快面容深沉
染出令人垂涎的神情

打开熏厢
火盆里的柴火已奄奄一息
徒留一副木柴的身架
满身的激情已然耗尽
让风一吹
那颤颤巍巍的几缕游丝
就是绝命人的
临终遗言

失眠者

数完了第一万只羔羊
他仍然没有入眠
墙上的影子
像一个古老的岩画
蜘蛛网布满岩画的边角
如时间结成的画框

窗外的原野上
午时燃起的野火尚在残喘
断续冒着细微的烟丝
恰如月光在大地上
最后的抒情

回南天

时间洇出绒毛
苔藓爬上黄昏的喉节
墙壁泪眼婆娑地四顾
关节疼痛的弦梯与家具
亚健康的天空
不时传来哮喘者的声息
人类的衣衫已在晾衣绳上悬挂太久
不停滴答着古老的哀怨

形迹可疑的指纹
如盐的结晶
牢固地镌刻于器皿的四壁

阳光回归之时
万物终于长出脊柱
以直立的姿态
在渐渐拧干的大道上阔步

漫行散轶

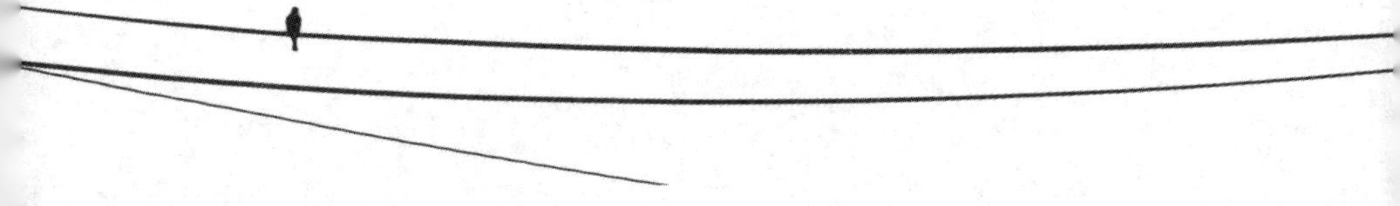

风筝

风筝在天空中盘旋
俯视散落一地的姓氏

几座坟茔或炊烟
随意排列
缀成模样各异的阡陌

鸟儿在枝头叽喳
许是议论人间百态
他们真实的景况
只是南回北飞
暗合轮回不休的时节

风筝飘空的身姿
常为偶起的小风鼓噪
攀缘　扭闹
直至目光可及的渺小

放筝人手指微动
嘴角浮出不易察觉的微笑

看似游戏
实则招魂

影视城

转遍所有的场景
并未寻到自己的朝代

逝去年代的全息之图
早已谙然于胸
台词脱口而出
剧情被装进一座碑林
任代代后人斧削刀凿

角色由导演随性打造
也许拍摄时还没有黑暗中光亮

暂且认为游人也是客串
无论如何
他们也不能使剧情反转

与其在场外苦苦等待一个替补
不如转身而去
重启另一场大幕

经历一种

睡了一夜的风终于起床
龟甲与牛骨散落了一地
昨夜的供词在火的炙问下
出现裂痕与兆象
老者盘坐于一块巨石之上
面对流水卜着天地间的卦象

手持竹蓍的巫者念念有词
一切事物藏在掌纹之内
阳光将一对翅膀轮番地安放在
石碾　花朵或民居的屋脊之上
让他们陷入插翅难飞的境况

浊重的肉身一发轻盈
笼纱的山峰隐约绣出蕾丝上的边廊
我将在黎明时分
放下勒出血痕的绳缰

一水间

京口与瓜州
长江这件古老的衣衫上的一对襟扣
时而被狼烟与战鼓扯开
时而又让烟火与诗文缝合

沿朝代的石阶
码头倔强地探进浑黄的江中
征人与举子轮番登临高悬的云帆上
缀满了他们的默念与呓语

杜十娘与白素贞属于偶然客串
只匆匆亮相
便在芦叶们的喝彩中
掀起阵阵高潮

大江挥着指挥棒
谷米、绸绢互市之声谪贬的哀调
与寺庙里的梵音

合奏出变奏的轰鸣

水鸟掠过云水之间
将爪鸿与骨节印于大地一水间
大江这道欲合还分的伤口稍作包扎
随即起身奔赴不远处的入海口

永远的江南

仿佛从未离开过春天
从未自天空摘下蔚蓝
从树梢屏去鸟鸣
哪怕一段废弃日久的旧轨间
仍会冒出一丛小花

这就是江南
细雨中斜飞的燕翅
连夜开出的杏花
在粉墙黛瓦的墙头探出
和微风中的酒幌一起摆动

小桥边的舟楫
接过那枚翠色欲滴的青团
便在橹声的吱吱呀呀中上路了

杨柳风过

油纸伞在吴侬软语的小巷飘荡
山腰上传来采茶女的歌声
她们将为人间寄来第一个春天

致女儿书

凝望着窗外的水杉林
那些挺拔的身姿捕捉了你的芳心
你多希望夕光中的老爸
就是林中的一株

你尚不知的是
爸爸脊梁微曲的弯度
已被半生一次次的弯腰
镌出不可修复的刻度

你更无法知晓
人如果向世界低头多了
老了自然就免不了驼背

跑鱼河

跑鱼河系扬州老万福闸南的廖家沟与太平河之间以宣传鱼类洄游活动为主题的生态河道。2022年“五一”被当地人戏称为“九寨沟扬州分沟”，成为小长假的网红打卡之地。

——题记

洄游　本需绕行更远
人类新开了这条捷径
也许是为了制造风景
也许是为了启迪心智
也许是为了展示生命延续
所必经的逆流之旅
鱼类生生不息
浩大的迁徙惊艳了整个季节

那些试图翻越围栏
进入仙境的人
被管理员的一声断喝
活生生地挡在了
现实的人间

快速路

被速度追逐的时间
炊烟般　掠过窗外的村庄

快速路　城市环状的手臂
将每一辆调皮的小汽车
准确地接入行车轨道
没有障碍的油门
彻底粉碎了红灯的阻截
只在需要的时候
才会泊在港湾做一个小憩

快速路　将一个个陌生的地名串联起来
拒绝非机动车的光临
行人只有经过天桥或地道
才能穿过道路的彼此
机动车是真正的主人
它们在这里说话算数

对于那些异地的过路者
快速路以其周全的服务
用一块块醒目的指示牌
将他们引入另一条高速的入口

快速路　势不可挡
成为那些钢铁怪兽的天然牧场
它总是迷人地铺展在前方
永无止境的诱惑
让驾乘者顿生征服的欲望

壮观的车队如夕阳下晚归的马群
穿越一条条时间的隧道
沿白色的分道线　奔腾不息
只在岁月的大屏幕上
留下墨黑的背影

关于地铁

另一类的生存写照　隐秘于地下的黑色长龙
仿佛这座城市的一条血脉
将那些新鲜的血液
输送到地面之上不同的器官或关节

封闭的车厢　载着昏昏恹恹的人群
他们的脸谱被冗长的黑暗所阉割
疾驰而至的站台　用它的强光
轮番洗濯着
窗户上变幻的人形

陌生的同行人　匆匆掠过
地铁口盲人歌手的吟唱
性感明星的系列招贴画
只会加深他们忧郁的神情

关于地铁　多少年来
已被那些经典所描绘

我匆忙地钻进车厢
转眼又要爬出另一座陌生的站台
就像这些模糊不清的句子
也许只是一些言辞的轮回

城市轻轨

最新型的代步工具　大地上的巡游者
比巴士来得更稠密而有序
十分钟一次的周期
让等待者的潮汛　淹没
五颜六色的站台

循规蹈矩的往返　类似一个梦游者
但不制造麻烦和堵塞
东直门—西直门　四惠—九棵树
距离在圆润的滑步中消解

轻轨列车　任劳任怨地劳作
从不留下多余的痕迹
或南辕北辙的妄想
一丝不苟　日复一日地准时出场
就像这座城市里那些劳模　干活
但无须用太多的财富　羽毛和梦想

飞雪　风向或每个季节的花香
无法左右既定的班次
轻轨不动声色
将每一个旅客送达既定的方向——
地铁　航站或某一条隐秘的小巷

雨滴

天空仍在飘着细雨
几粒雨滴挣扎着吊在晾衣架上
欲落还留
宛如雷霆之怒下幸存的孤儿

几乎所有的雨水都摔碎在地上
与尘埃、泥土、垃圾搅作一团
混沌地流进沟渠或暗道
去向不明

它们一直吊着
浑圆若珠
像雨中一只只凝望的眼睛
苦苦等待天公的和颜
哪怕放晴之时
它们只化作一缕青烟

多年以后

人们仍会偶尔记起
一场暴雨中
它们曾有过的完整的坚持

事件：520

驾车过桥
被红灯踩下刹车
快递小哥的摩托侧身掠过
他的车筐里装满了
急切送达的鲜花

那些花儿在初夏的风中摇曳
它们交头接耳,却又争相斗艳

当我的车行至十字路口的时候
看到满大街的人
都在捡拾散落一地的鲜花
然后小心地送回
小哥侧翻的车里

520,是个鲜花泛滥的日子
多少颗心被摔下
还能被捧起

一块石头

起初
是在冷冷的时刻被卷进桑拿间的

束手就擒或无可奈何
仅仅是人类手手相传的一个物件

至于何时被烫伏的
且失去水色和弹性
目前尚无法得知

每一个人样的物件
移步进入后
都会顺手拧开墙壁上的水龙头

那一激灵间的冷却
从第一块石头挤出阵阵热气
让人模狗样的物件
心中也会一凛

搬书记

它们　像被押解的俘虏
五花大绑　摁在墙角
我走过去
忽然冒出一双求救的小手

那是一串串艰辛的老时光啊
一根青绳徐徐地落入记忆的枯井
时间的洪流正在汹涌地集结

墙角一枝无名的小花
冷不丁窜出来　招展
你的心只能在这招展中
不停地战栗

它的藤蔓
蛇芯子一般　拼命
舔舐着窗户的毛玻璃

筷子

慌乱中取出的一双筷子
竟是两种不同的类型
新筷子上浮刻着江户美女身着和服
旧筷子简易粗壮
裸露的竹身上雕着时光的痕迹

一场早餐让它俩意外相逢
如同人类旅程中的一场艳遇

它们互换了眼神：
就一顿饭,要不
不让主人折腾了
咱俩临时合作一下

一顿饭在苟且中顺利完成
主人收拾残羹的时候发现
胃已开始
悄悄地反酸

临窗

眺望发生在十七岁那年
那是在山村出生后的首次绿皮车远行
时节已是初春　清明将至
矮小而精干的父亲
已不用担心少年从他的手心滑走
眼神的语意恰恰相反

邻座一对略大些的男女
也在临窗远望
目光若火,时而又低低私语
仿佛在互换一件神秘的信物

窗外正有春雨飘落
听不到声响
却见漫野上的那些绿色
正嗖嗖地蹿长

石锁

每当我路过练习场的时候
似乎总会被什么物件给磕绊一下

显然不是练家们嘴中喷着热气的呼叫
也不是隔壁剧团彩排时传出咿咿呀呀的说唱

是一只镇定自若的石锁　不动声色的嘴角
以及一束束一触即被蜇回的光亮

练家们举起一次高于一次的分量
青筋毕现　眼珠似乎随时迸出
关节处渗出细润的汗珠

只在举起后放下的瞬间
才露出没被咬碎的钢牙

神情萧索的冬季
石锁蹲伏在枯草丛中

紧闭口唇　暗自蓄力

仿佛在傲慢地静候

随时出现的下一次较量

杀牛

从悬岩上摔下　跛了腿
便注定会被挂在血淋淋的黎明

主人噙着泪
牛　不能耕作和负重了
我养不起它的胃
虽然牵回时
它眼里堆满了深深的歉意
——看在我在你家劳苦多年的分上

一切都无济于事了
跛了腿的牛尽管其他部件健全
包括那颗鲜红的心

屠夫漠然地举起钢刀
一声惨叫穿过胸膛
疼！大地哆嗦了一下
仿佛被屠杀的不是黄牛
而是整个村庄

经幡

冰层裂开时
有人把经文种进树根
真言沿着年轮绣出
时间的花朵

狂风在高原撕开丝绸
五色的伤口
缝合青稞与雪的韵脚

玛尼堆旁,雪花蜕成转世的蝴蝶
文字在溪流中游弋
牦牛驮着经文
跋涉穿过草甸之时
字的根须在冻土中
延展远古的顿挫

死亡——给LR

荒年没有饿死
严冬没有冻死
她更不会让一只炫耀羽毛的鸟气死

但她终要死亡
在道口、路边或寺院的高墙下
她愿死在一支枪下
那是一支枪把上锈着云纹
嵌着宝石精致的猎枪

她发出一声高亢的声音
划破夜色
一树春花洒落在她笑意盈盈的脸上

春意

春分刚过，身体里那只潜伏许久的鸟
破窗而出
云霄中，被俯视的人间阡陌
正花团锦簇

楼群与烟囱在霞光夕照里张望
山冈与水流隐忍着欲望

它俯冲、斜插、盘旋
在河流上划出涟漪
在树梢上吹出逃亡

大地的经纬
正被又一种尺度
重新测量

铁画

把汗水滴进铁中
让血融入汗中
那高抡的大锤落下时
将四溅出
血色的铿锵

除此之外
还有外祖父的咳嗽
父辈的呐喊
比火更凛冽的是家族的血脉

几百年　数代人
一片片的铁件
铸成画面上一棵树
活色生香的美丽

那一片片叶子
是柔软的心　悄然地传递

是一双双手上的茧花
泛起的涟漪

那铁铸的树干
便是力与火剪辑而成的记忆

一枚脐橙——致梵修

赣南那枚赶路的脐橙
从枝头应声而落
款款抵达我的手心

一如那个初夏的偶遇
迷一般的瓷忽然发出神性之光
让旅人有了探寻源头的欲望

瑶里河起风了
倒映出一支支打着绑腿的队伍
从南方的密林中闪出

集结的号角声惊飞了老屋檐下的栖鸟
而搁浅滩头的小小竹排
也向水中探出身位
似乎也欲试水远航

窑火在雾一般的年代里闪烁

时间的密码必从未改变
沿河那几棵千年古木
恰好成为一切的佐证

无题

平凡的黄昏
悄无声息地来临

秋叶无精打采地
在湖面上打着旋儿

一阵不经意的风
翻阅着季节褪色的裙角

黑夜的羊角
死死地抵挡着将垂的大幕

晚霞无奈地在西山上
涨红了脸蛋

饮者

举杯　就着不同的菜系
把一座座城池灌醉

穿肠的火炬
在生命驿站间接力

饮者衣袂飘飘
凌空掠过一寸寸国土

他武功盖世
明枪暗箭在身边羽翎般抖落

过火的肉身
反复地在风雪和荒径中发散

江湖的迷津
一一破解

丹东

在鸭绿江的某些河段
岸线靠得越来越近
有时甚至可一脚跨过
两岸的农人在风中正进入
收获的季节

不知哪边的大喇叭
在铿锵有力的播放一则通告
语言用的是朝语
兄弟之间从来无须避讳

我是一个莽撞的旅行者
偶尔闯入这座边城
在秋天,落叶正在扩大它清凉的范围
我对着白云吹着口哨
似乎想嘲讽那些千篇一律的炊烟

一座纪念碑拔地而起

留下事迹、文字和历史的物证
手指的方向
乱云在碑顶盘旋飞渡

临窗夜眺

黑暗的火力
使太阳中了弹冒着烟
嘶叫着向着地平线坠落下去

夜亮起他的贼眼
将建筑、街道、人群统统
扫进他的黑布兜

黄昏在发廊门口招摇着大腿与脖颈
此刻也失去了弹力与光泽

灯火渐次地亮起来
如同墓群里闪烁的流萤
一座城市的失眠
正与死亡处于同一经纬

云浮

一出云浮东站
便见电厂高烟囱里
撑起一杆灰色的烟柱
捅破高空的浮云
散成漫天纷飞的棉絮

中午抵达六祖故里
那些飘落人间的棉絮
竟然洒在金身足下
匍匐着祈求佛祖
为他们洗涤
不洁与污名

祭者

祭

火焰一直在上蹿
离天庭越来越近

点火的火柴头黑着脑袋
茫然地看着火中
噼啪燃烧的纸箱
以及间或迸出的箔子与冥纸

祭者围成一圈　面色凝重
火光在他们的脸上变幻着颜色
就像他们各自不同的内心

几只小动物从火堆中窜出
逃向未知的树林
意外的火情让他们顷刻变为难民

火星四溅　灰烬狂舞
一只火鸟冲天而起

不远处那条流淌多年的河流
正慢条斯理地研究
这平凡的人间偶发的情节

中元祭

中元之祭没有眼泪
亡灵的节日需由生者操持
离世多年的先人如约而至
年年岁岁虚幻已经成为仪式
如同坛中越发精致的冥币
燃尽之后终会随风四散

食材依旧采自乡野
食谱却不知源于何代
跪垫与双膝密切合作
举手投足均已浑若天成

杵在饭碗中的一双新筷子
重重击疼了祭奠者的心脏
不肯离岸的河灯一步三回
就像妈妈弥留时环顾亲人的眼睛

立冬日

河流拐弯的地方
一株航标闯入眼帘

一片落叶击溃了整个秋季
身后的黄金
上演了谢幕时分的悲壮

人群不停地更换脸谱
动作略带乖张
时刻变幻容颜的水面
起伏着一叶扁舟

岸线若乐谱在风雨中飘摇
鸟语和虫鸣声
应和着高空的电闪雷鸣

隐于林中小径的一尊雕塑
静谧成人心中的舍利

回乡偶记

在午后的豆田里
豆荚们正在交头接耳谈论
往后的日子
叶片上的夏天逐渐沉重
几粒露珠仍闪着晶莹的光

没有谁能阻挡从容不迫的时间
就像无法在越来越沉的暮光中
抹平门前吸烟的父亲额头上
千转万回的沟壑

几株躲在豆秆丛中的豆荚
羞红的脸　露出多年前妹妹
渴望我带她进城打工时的模样

田畴中央的一块空地上
母亲周年祭奠留下的痕迹
虽是灰烬
仍在心里燃出火苗

距离——致生日

在农历里降生
在公历中奔跑
今天　我又回到了出发的地方

农历是母亲一生的历法
孩子的出生日她都会记到时辰
在他们呱呱坠地的时刻
她有些不安将又一个生命带到了红尘

节气与农谚喂养了娃娃们的童年
乡村的土地上留下一串浅浅的脚印

当成年的孩子背起行囊
消失在公历纪年的世界
远方就成了母亲心中的一个盲盒

春来冬去　日月更迭
农历追赶着公历

就像母亲追赶孩子的目光
终于到了今天
农历与公历只差了短短的一天

石碑后的母亲啊
却用一个小小的盒子
将她与孩子分成了阴阳两界

赶山

每逢清明节广西等西南少数民族地区都会赶山祭祖

——题记

呼叫声打开了天庭的道路
天公以润雨作为回应
杂草在纷飞的镰刀下躲闪不及
一群被惊飞的野鸟疾如劲风
在村庄边的小河上吹起呼哨
被震落的残叶浮于水面
不用太久就会漂去远方
阳光照在汉子突出的双颧上
刻着坎坷的额头如同他们
从工地赶路的归途

每年上山的野径从不雷同
每年失踪的祖先都会巡游归巢
蛰回棺柩
满山坡的孝子贤孙匍匐在地

冥纸混杂着各自祷告
在细雨中发出咏叹
一座座山峦烟雾缭绕
赶山的爆竹声此起彼伏

那些赶山许久仍未行祭的人们
只能扯开嗓子,对着群山呼喊:
太公太祖们,你们到底在哪里啊
给个定位吧
我们好导航过来给您磕头

万圣节

孩子们兴致盎然
购来彩妆、道具、行头
要在节日那天盛装出场

上点岁数的人
撇了撇嘴：哪需这样折腾
只管素颜朝天

成年人甚至都不屑走上街头
只向镜中或窗外瞄一眼
就能瞅见
满街的“人间活鬼”

打开山村的另一种方式

在巴盘屯后山以及临近的三门海的群峰之中
穿过一条条羊肠小径
会有一些隐蔽的洞穴　腹腔巨大
陆陆续续被旅人重新发现
残损的铁器、箭镞和硝石的碎片
散落地上
洞壁上依稀着红色的标语

且战且退的绑腿迅捷隐去
梭标与长缨迷失在密林

他们曾以另外一种方式打开山村
季风般旋进又旋出
火塘边的农人脸上有了笑意

当年他们出入的山路如今已通府州
寒冷的星星洒落盘阳河中
在两岸点起

人世的温暖灯盏

山坡上
一座座坟茔有序排列
松柏间的高碑
宛若世代不灭的香火

抽烟者

探头在墙上悄然转向
就像远方某个儿女关切的眼睛

他习惯性地点着一支烟
肺里的那块核又悸动了一下

烟雾散尽,他像从一生的斧劈刨音中
抖落木屑
露出额间墨线弹出的痕迹

当他摁灭剩余的烟蒂
已然用尽了全身的力气

香几上的烛火被风吹得忽暗忽明

过年

试着将车窗摇上
总还留着一个缝隙
如同除夕将至新年在望
而二者之间的门扉
却无法关拢

年初在老屋的庭院里
新砌出假山与鱼池
锦鲤与睡莲
活泛了家人的四季

升级改造后的小小院落
微瀑布弹奏着云水谣
石榴树挂起了红红的灯笼
归巢的游子不用出门
就能完成千山万水的远足

万家灯火中

被逼出走的浪子
在江南古寺的木鱼声中
燃起一缕无奈的青烟

月夜，他走向村头的河流

谁也料想不到
他选择这个月夜
给村庄留下一个悬疑的背影

苇叶们交头接耳
议论这个一辈子沉默的老汉
早年哪怕沉重的手推车
即将在泥泞的田埂上倒下
他也总是执着地将它扶正并继续向前
尽管嘴角已渗出牙齿咬出的血迹

夜色如铁　月光洒下清泪
萤火虫且歌且舞
空荡的河面如同节日的戏台
这个汉子如一缕烟
飘进河的中央

早晨　尸身浮出水面
宛如他留给这个世界的一枚炸雷

医院即景

一支烟在室外的长椅上明灭
周遭的图景若即若离

满腹心事的云
在头顶漂泊不止
间或换种颜色
从空中飘落几行浊泪

浅池中的荷花正盛
几只野鸭藏在叶下
如同积累一身伤痕的行人
从尘世躲进病房

一脸稚气的医学院毕业生
不停地擦拭着那些被日子弄脏的皮囊
——隐蔽的暗伤也会被仪器逐一破译

救护车呼啸而来
与太平间的搬尸工擦肩而过

鸣笛声与警示灯纠缠在一起
让人无法辨别

不管是什么样的手指
护士只需轻盈地一扎
都会迅捷地开出一朵
鲜红的玫瑰

一百日

妈妈生前是个麻将高手，妹妹继承了这一技艺。

——题记

在乡下　生命降临的第一个百天
唤作“百露”
全家人掐着指头算
就怕误了通知满世界的人
来庆生

去世后的第一个一百天叫“百日”
只有孤独的老爸记得住
挨着个儿给每个儿女打电话
希望能回来送送刚走不远的妈妈
那些散居各地有了点儿出息的子孙啊
或者意气风发地挖掘矿藏
或者风轻云淡地过着闲适人生

老爸不知为啥叹了口气
对着妈妈的遗像说
孩子们都忙　还是我陪你坐坐吧

妈妈还是生前的口气：
死丫头　今天打麻将的手气不赖
连着几牌都和了　全荤！

倒春寒

寒潮尚存残勇
在溃败前做徒劳的回顾

冰冷的邮件
准确地投进三月的胸腔
鲜艳的邮戳盖在
候鸟的羽翼上
仿佛驮着一封对天对地的
最新裁决

影子揳入墙壁
在裂缝处渗出一曲
旧唱片的凄美之音

女人取下假睫毛
不远处赶路而来的阳光
正在一寸寸削落屋檐下的
冰凌

白露后的父亲

夏天刚刚离开
他流尽了剩余的汗液
脱水成初秋隐约的凄蝉的尾音
现在动辄会落泪
像是触疼一生中某个悲欢的按钮

此刻,他正清理小菜地里的瓜藤枯叶
这些往日不值一提的紊乱
居然让他如此上心
黄瓜、丝瓜、豇豆都被一点点摘走
剩下的那些苍老的
将会作为来年的种子

一旁的那块韭菜田
已被一茬茬轮番地收割
如同一生中那些乐此不疲的游戏

被天光无声润泽的竹园

早已袒露着悲壮的竹茬
那些持续生长的根系隐于土中
正盘根错结地遍布祖宅的地下

从屋顶飘出的缕缕炊烟
像是思绪又像是忧伤

乡间书

这个季节的乡间
秧苗刚下麦地泛黄
油菜已躺平
蚕豆将下架

鸟儿忽然多了起来
飞过水田和大片的麦地
一根芦苇的摇曳
引发了孩提时代的记忆

走在繁茂的农事之中
踉跄田间的游子忍不住冲天一喊

打印

阳光透过挡板的中空
在河岸边的跑道上
漏出光影的阶梯

一批跑者向西奔去
留下日渐变小的背影
另一批跑者从光芒中出现
如紫气东来
又似一袭疾驰的风披

人静坐在长椅上
被来往的人影反复扫描
成为 3D 打印的一尊雕塑

正月初一之游园不值

新年的朴园选择了开放
无处可去的人群结伴而至
朔风中四季已飘落了成长的凭证
交叉小径的迷途者
在孤寒的水塘边留下
形迹可疑的痕迹
一抹春红在土山的苍亭中闪烁
如同大风中的一个老人的围脖
人物定格为群雕
在草坪上解说遥远的传说

那只尾随的洋狗
在离别回望时看到
那座荒废多年寺庙的院墙
正在不远处的丛林中
隐约着新涂的金黄

跋

我是一个离开故土,在大地上不倦流浪的人。

古道正一寸寸地被现代文明的轰鸣所蚕食。这些从行囊中抖落成册的文字,它们原是在旅途的暗夜中收集的萤火与露珠,或是铁路站台上不经意一瞥看到的暮色留言,作为时光的标本被装订。

抚摸这薄薄的选本,眼前仍会浮现无数种场景:一张寒风中排队购得的船票、无名的深山古寺内隐约的摩崖与碑拓、漫漫黄沙中古老邮驿未及寄出的信函,以及飞鸟掠过的山峰、河流、村落、石窟,无不悸动着大地的心跳。就像一场朝圣之旅,又像修行者对这个世界的喃喃细语。身心的迁徙,肉体与灵魂被反复锤打与拷问,如同川藏线上的一块顽石,被荒野与时间所洗礼,直到镌出了六字真言,才算完成作为生命的自我救赎。

三十年前,当我从江南小城来到这座有着宏大叙事的北方都城,漂泊就已注定成为一生的主题。且行且叙是我与自己、自然及他者对话的一种方式，别无选择。

真诚感谢一路伴我的亲情、友情与爱。这些来自浮生寄旅的邮件，希望你能查收。因为每一首诗都如一只漂流瓶，你的打捞才是它应有的归宿。所有的收件也是对这本薄册精神图谱的最终完善。

谢谢王慧骐先生为我所作的序言，它无疑是对这本书及我个人的精彩导读；谢谢百花文艺出版社诸君的认可，为这些飘零的文字设置了一处收容所；谢谢著名诗歌评论家唐晓渡先生的精彩推荐与点评，我将视作真诚的鼓励；谢谢为此书生成与出版给予帮助的宋丁、凌翔先生等友人。

仅以此书纪念人生中珍贵的年轮。

刘流

2025 年 3 月 15 日

于北京通州大运河畔